LE COMPLOT

CONTRE

LE SUFFRAGE UNIVERSEL

LE PROJET DE MM. FLOQUET ET FERRY

PAR

Louis de BELLEVAL

ANCIEN AUDITEUR AU CONSEIL D'ÉTAT

Prix : 30 centimes

PARIS

ARTHUR ROUSSEAU, ÉDITEUR

14, RUE SOUFFLOT, 14

1888

ASSOCIATION POUR LA DÉFENSE DU SUFFRAGE UNIVERSEL

LE COMPLOT

CONTRE

LE SUFFRAGE UNIVERSEL

—

LE PROJET DE MM. FLOQUET ET FERRY

PAR

Louis de BELLEVAL

ANCIEN AUDITEUR AU CONSEIL D'ÉTAT

PARIS

ARTHUR ROUSSEAU, ÉDITEUR

14, RUE SOUFFLOT, 14

—

1888

Dissolution ! Revision !

Dans les diverses élections partielles qui ont eu lieu depuis un an ce programme a réuni une majorité formidable.

Quel était, en présence de ces manifestations significatives, le devoir du gouvernement ?

Si la République était le gouvernement du pays par le pays, ainsi que le prétendent les chefs du parti républicain, la question ne serait pas difficile à résoudre.

On prononcerait au plus vite la dissolution de la Chambre, pour permettre au Souverain, c'est-à-dire au pays, de manifester sa volonté.

Le respect des vœux du corps électoral ne devrait-il pas être, en effet, le premier devoir d'un gouvernement qui se dit républicain ?

De nos jours, en Angleterre, en Allemagne, toutes les fois que, sur une question importante, les représentants du pays ignorent quels sont les désirs de leurs électeurs, les Ministres prononcent la dissolution de la Chambre.

Le pays est ainsi appelé à dire ce qu'il veut.

M. Gladstone n'a pas hésité à demander aux Anglais ce qu'ils pensaient de la politique qu'il se proposait de suivre à l'égard de l'Irlande.

Les Anglais ont répondu qu'ils n'approuvaient pas les idées de M. Gladstone.

Le grand Ministre a donc été obligé de quitter le pouvoir; mais du moins il a emporté dans sa retraite une chose qui manque au gouvernement français actuel, l'estime et le respect de ses adversaires.

M. de Bismarck, lui-même, en dépit de son tempérament autoritaire, n'a pas voulu s'engager dans la voie des armements militaires à outrance, sans être sûr d'avoir pour lui la majorité de l'Allemagne.

Il a fait prononcer la dissolution du Reichstag en déclarant hautement qu'il en appelait au pays.

A cette marque de confinace, les Allemands ont répondu en nommant des députés favorables aux projets de M. de Bismarck.

Pourtant, la République n'existe ni en Angleterre, ni en Allemagne; et les hommes qui gouvernent ces deux pays n'ont pas sans cesse à la bouche les mots de liberté, de démocratie et de souveraineté du peuple.

Nos prétendus hommes d'État, eux, se disent toujours « les serviteurs respectueux de la volonté nationale ».

Malheureusement leurs actes sont bien différents de leurs paroles.

A la France qui leur dit : « Allez-vous-en; je vous chasse! » ils répondent : « Nous sommes au pouvoir; « nous y restons.

« Nous refusons de dissoudre la Chambre, parce que « nous tenons à nos portefeuilles de Ministres, à nos « appointements de députés et aux innombrables pots- « de-vins que nous nous faisons octroyer par les gens « qui nous demandent des faveurs.

« Nous savons que les nouvelles élections nous feront « à tout jamais disparaître de la scène politique.

« Nous savons que le peuple Français nous méprise; « nous savons que, sur dix millions d'électeurs, il y en

« a sept 'millions qui refuseraient de nous tendre la
« main, si nous avions l'audace de la leur présenter.

« Mais que nous importe ce que la France pense de
« nous !

« Ce que nous voulons, c'est garder le pouvoir le plus
« longtemps que nous pourrons, parce que le pouvoir,
« c'est la source de tous les profits.

« M. Grévy nous a tracé, en novembre 1887, ce que
« nous devions faire.

« En dépit de toutes les sollicitations, il a tenu à res-
« ter Président de la République jusqu'au 1er décembre.

« Pourquoi ?

« Pour pouvoir toucher ses appointements encore
« une fois.

« Nous imiterons ce noble exemple.

« Les élections n'auront pas lieu avant le mois d'oc-
« tobre 1889, parce que nous voulons conserver nos
« places et nos traitements.

« Cela permettra toujours à un certain nombre de
« millions de quitter les poches des contribuables pour
« venir habiter dans les nôtres, où nous les conserve-
« rons soigneusement. »

Voilà pourquoi M. Floquet et ses acolytes refusent de
s'incliner devant la volonté du pays.

Nous n'avons pas besoin d'ajouter qu'une pareille
politique est profondément malhonnête.

Seulement, ce qui est étrange, c'est que dans une République elle puisse être suivie impunément ; c'est que
le pays n'ait aucun moyen légal de faire prévaloir sa
volonté sur celle de quelques milliers de drôles qui l'in-
sultent, le ruinent et se moquent de lui.

Pendant un an encore, si tel est leur bon plaisir, le
pays devra assister, muet et impassible, à la dilapida-

tion de ses finances, à la mise au pillage de ses richesses.

Il devra attendre pendant un an encore, avant d'élire la Chambre réparatrice, la Chambre qui votera les lois d'affaires et qui fera les réformes sérieuses.

Et il se trouve des gens pour avoir l'aplomb de dire qu'un régime sous lequel une semblable situation est légale est un régime républicain !

Comment définissent-ils alors la République ?

Nous ne serions pas fâchés de le savoir.

S'il faut entendre par République un régime qui fait de la France l'esclave d'une coterie, s'il faut entendre par liberté le droit accordé à quelques-uns de s'enrichir aux dépens de tous, nous convenons volontiers que le gouvernement actuel est le plus républicain et le plus libéral que nous ayons jamais eu.

Mais nous ne voulons ni d'une République, ni d'une liberté semblables.

Ce n'est pas seulement notre avis ; c'est celui de la France.

Une Constitution qui s'est montrée impuissante à empêcher un pays de devenir la proie d'une caste est une Constitution dont il faut se débarrasser le plus vite possible.

Si vous 'enfermez des valeurs dans un coffre-fort et que ce coffre-fort vienne à être forcé par un voleur, retournerez-vous chez le même fabricant pour lui commander un nouveau coffre-fort du même modèle que le premier ?

Il est probable que vous aurez jugé l'expérience suffisamment concluante et que vous vous adresserez ailleurs.

C'est ce qui arrive aujourd'hui pour la Constitution de 1875.

Elle nous a livrés pieds et poings liés au Parlement qui aujourd'hui encore peut faire tout ce qu'il veut, sans que le pays ait le droit de protester.

Que demain la Chambre et le Sénat se réunissent en Congrès, qu'ils votent la suppression du Suffrage Universel et qu'ils rétablissent le Suffrage Censitaire, qu'ils enlèvent à quelques millions de citoyens leurs droits électoraux, nous n'aurons qu'une chose à faire : nous incliner.

Contre un pareil attentat, la France n'aurait aucun recours légal.

Il ne resterait aux Français privés de leurs droits civiques qu'un moyen de salut : ce serait de prendre leurs fusils, et de se déclarer en état d'insurrection.

En d'autres termes, ceux qui voudraient abolir le Suffrage Universel pourraient le faire impunément. — Ils seraient couverts par la loi.

Ceux, au contraire, qui tenteraient de le rétablir seraient des révolutionnaires. — S'ils étaient vaincus, on ne leur laisserait même pas le choix entre la Nouvelle-Calédonie, Cayenne et le Tonkin.

Étant donné les caractères de MM. Floquet et Ferry, il est probable qu'on prendrait un moyen plus expéditif.

Ils seraient fusillés sur-le-champ.

« Mais, allez-vous me dire, la supposition que vous « faites est bien invraisemblable. — Toucher au Suf- « frage Universel ! L'abolir en France, dans ce pays où « il a poussé de si fortes racines, ce serait une folie !

« D'ailleurs, le moment serait bien mal choisi.

« Depuis une vingtaine d'années, la cause du Suffrage « Universel a fait, en Europe, des progrès énormes. — « En Allemagne, elle est gagnée depuis longtemps. —

« En Angleterre, en Italie, en Autriche, en Espagne,
« elle est sur le point de triompher. — Les lois électo-
« rales votées dernièrement dans ces divers pays ont
« considérablement accru le nombre des électeurs.

« Aujourd'hui, dans toutes les nations que nous ve-
« vons de citer, il y a plus d'électeurs que d'hommes
« n'ayant pas le droit de vote.

« En portant atteinte à l'intégrité du corps électoral,
« le Parlement Français irait donc à l'encontre du mou-
« vement général européen.

« Il proclamerait hautement que la Nation Française
« est inférieure à ses voisines, que le niveau intellec-
« tuel et moral est moins élevé chez nous qu'à l'étran-
« ger. »

A ces objections, nous répondrons ceci : Le gouvernement que nous avons le bonheur de posséder n'a plus
la liberté d'esprit nécessaire pour raisonner ses actes.—
Dans l'état d'énervement et d'irritation où il se trouve,
il ne peut que s'arrêter à des mesures violentes.

Il sait, d'ailleurs, qu'il lui est impossible d'obtenir
du libre consentement du pays la prolongation de pouvoirs dont il a usé d'une façon déplorable.

Dans ces conditions, le Suffrage Universel devient
pour le gouvernement un obstacle qu'il lui faut briser,
sous peine d'être brisé lui-même.

Pour supprimer le Suffrage Universel, nos gouvernants ont imaginé une tactique très habile.

Ils savent parfaitement qu'en politique la ligne courbe
est infiniment plus courte et plus sûre que la ligne
droite.

N'osant pas s'attaquer directement au Suffrage Universel, ils ont imaginé un biais fort ingénieux dont nous
parlerons tout à l'heure.

Pour le moment, nous constatons que la Constitution de 1875, loin d'être un appui pour la Souveraineté nationale, est au contraire un danger pour elle.

Que le Congrès, au lieu de prononcer le rétablissement du Suffrage Restreint, s'avise de prolonger de plusieurs années les pouvoirs des députés et des sénateurs; qu'il nous condamne à subir encore pendant cinq ou six ans la domination de M. Floquet, et nous serons toujours obligés de nous incliner.

On voit quel est le grand danger qui résulte du maintien de la Constitution de 1875 : la possibilité pour le Parlement d'imposer au pays des mesures dont il ne veut pas.

Si la revision de la Constitution était soumise à la ratification populaire, ou si, comme dans presque tous les pays de l'Europe, elle devait être précédée de l'élection d'une Assemblée Constituante spéciale, ce danger n'existerait pas.

Mais le gouvernement s'est bien gardé d'introduire dans son projet de revision de la Constitution des principes qu'il juge subversifs.

Referendum, Plébiscite, droit accordé au pays d'intervenir dans les affaires qui le regardent, ce serait la mort immédiate du gouvernement actuel.

Nous n'avons signalé qu'un des défauts de la Constitution de 1875.

Il existe encore contre elle bien d'autres griefs.

Voici les deux principaux :

1° Elle consacre l'existence du régime parlementaire;

2° Elle donne au Parlement le droit d'élire le chef du pouvoir exécutif, alors que ce droit appartient essentiellement au pays.

Le régime parlementaire consiste dans le pouvoir octroyé à la Chambre de faire et de défaire les Ministères à son gré.

Dans le régime démocratique, qui est l'opposé du régime parlementaire, les Ministres restent en fonctions pendant tout l'intervalle qui sépare deux élections générales.

Ce sont les électeurs eux-mêmes qui désignent les futurs Ministres. En accordant leurs suffrages au parti politique dont ils sont les chefs, il indique par là même les hommes qu'il entend voir investir des fonctions de Ministres.

Aux États-Unis, dès que le résultat des élections générales est connu, tout le monde sait quels seront les Ministres. On est certain en même temps qu'ils resteront au pouvoir pendant quatre ans.

Chacun retourne donc tranquillement à son travail. Il peut vaquer à ses affaires sans crainte. Des crises ministérielles ne viendront pas, comme en France, arrêter à chaque instant la vie nationale et paralyser le développement de l'industrie et du commerce.

Entre les pays qui ont adopté le régime démocratique et ceux où existe le régime parlementaire, il y a encore une autre différence, toute à l'avantage des premiers.

C'est que, dans les uns, la Chambre travaille, tandis que, dans les autres, elle s'amuse.

Quand le régime parlementaire n'existe pas, les députés prennent au sérieux leur mandat de législateur. Ils se montrent les gardiens vigilants des intérêts de leurs électeurs. Ils font des lois utiles à tous. Ils empêchent les abus de se produire dans l'administration, le gaspillage de régner dans les finances. Ils mettent la législation sans cesse au niveau des progrès économiques, et permettent ainsi à la nation de soutenir la lutte avec l'étranger.

En France, où existe le régime parlementaire, le spectacle est bien différent.

La dépendance dans laquelle le Ministère se trouve à l'égard de la Chambre engendre les plus déplorables résultats.

D'abord, parmi les députés, il y en a un certain nombre qui nourrissent l'espoir de devenir Ministres. Ceux-là jetteront à chaque instant des bâtons dans les roues du char ministériel, attendant avec impatience le moment où il versera avec tout son contenu.

Pour hâter ce moment, ils déposeront interpellations sur interpellations, et empêcheront par tous les moyens possibles les discussions parlementaires d'aboutir à un résultat pratique.

Ou bien, s'il s'agit d'une loi sérieuse, d'une loi d'affaires, ils introduiront la politique dans le débat. Ce qui aura pour effet de le faire dévier immédiatemeut.

Pour se défendre contre ces attaques, le Ministère a besoin d'une majorité qui soit décidée à voter pour lui dans toutes les occasions.

Mais comment se la procurer, comment surtout se l'attacher par des liens solides, cette majorité qui leur est nécessaire?

Les Ministres les plus habiles n'ont encore trouvé que deux moyens pour amener à eux les indécis : donner des places à leurs protégés, ou bien leur offrir à eux-mêmes une quote-part dans les bénéfices que donneront des entreprises plus ou moins louches.

Autrement dit, c'est le marchandage qui s'installe à la Chambre.

Le député reçoit des offres, les discute, trouve

qu'elles ne sont pas assez élevées, exige davantage.

Bref, il vend sa voix et sa conscience, absolument comme une marchande de poissons vend des raies et des maquereaux.

Il y a un marché établi presque publiquement dans les couloirs de la Chambre.

Et pendant ce temps que deviennent les travaux législatifs?

Ils vont mal, ou plutôt ne vont pas du tout.

Les lois qui restent le plus longtemps en chemin sont précisément celles que l'on appelle les lois d'affaires, les lois que le pays entier attend avec impatience et sur la nécessité desquelles tous les partis sont d'accord.

Mais elles ont le tort d'être étrangères à la politique. Elles n'ont rien d'intéressant pour les hommes qui donnent l'assaut au Ministère.

Quant à ce dernier, il n'a pas le temps de s'occuper d'elles.

En effet, chacun des Ministres en fonctions tremble continuellement pour son portefeuille.

Chaque matin, quand il le presse amoureusement sur son cœur, il se demande si ce ne sont pas les derniers baisers qu'il lui donne, si un caprice de la Chambre ne va pas l'obliger à redevenir simple député.

Croyez-vous que ce Ministre s'amuse à préparer des projets de lois? Il s'estimerait bien naïf de le faire.

Un Anglais prend un train express. Il arrive à une gare où il y a un buffet; le train ne s'arrête que douze minutes, et il faut pendant ce temps trouver le moyen de déjeuner!

Croyez-vous que notre Insulaire va employer ses douze minutes à lire un traité d'économie politique?

Il mettra les bouchées doubles, mangera comme un

pourceau, et fourrera dans ses poches tout ce qu'il trouvera à sa portée.

Eh bien! les six présidents du Conseil et les 58 Ministres qui se sont succédé au pouvoir depuis le 4 octobre 1885 ont eu les mêmes préoccupations que celles d'un Anglais en voyage :

Bourrer leurs poches et sortir riches d'une position où ils étaient arrivés pauvres.

Les Ministères qui se sont succédé en France depuis 1885 n'ont vécu en moyenne que six mois.

Or, pour modifier un seul article d'un de nos Codes, il faut à la Chambre au moins quatorze mois.

C'est le temps qui lui a été nécessaire pour remanier l'article 1734 du Code civil.

L'article 336 du Code d'instruction criminelle a demandé quinze mois, et l'article 105 du Code forestier n'en a pas exigé moins de vingt et un.

Le § 9 de l'article 693 du Code de procédure a donné encore plus de mal à nos législateurs; ils sont restés trois ans à chercher le nouveau texte qu'il convenait de substituer à l'ancien.

Et, dans tous les cas que nous venons d'énumérer, il ne s'agissait pas de résoudre une de ces questions ardues sur lesquelles les jurisconsultes discutent pendant longtemps avant de pouvoir s'entendre.

Un mauvais étudiant en droit de 1re année aurait mis cinq minutes à rédiger le texte qui arrêtait pendant quinze mois nos intelligents représentants.

S'il fallait soumettre à la Chambre une proposition de loi portant que 2 et 2 font 4 ou que Jean-Baptiste Ferrouillat est un imbécile, je parierais volontiers que ladite proposition attendrait au moins six mois avant de paraître, transformée en loi, au *Journal Officiel*.

Comment s'étonner, dans ces conditions, que les lois nécessaires pour mettre notre agriculture, notre industrie, notre commerce en état de soutenir la lutte avec nos concurrents étrangers, ces lois vitales pour l'avenir de notre pays, soient encore enfouies dans des cartons poussiéreux?

Nous attendons vainement depuis dix ans la revision de textes législatifs surannés, et la création en France d'institutions qui, dans les États voisins, donnent les résultats les plus avantageux.

Quand verrons-nous fonctionner chez nous le crédit agricole? ¡Quand posséderons-nous des banques populaires, comme l'Allemagne et l'Italie?

Le Code de commerce de 1807, qui est copié sur Pothier, un jurisconsulte du XVIII° siècle, continuera-t-il encore pendant longtemps à régir les transactions?

L'Angleterre, l'Allemagne, l'Italie, la Belgique ont revisé, il y a quelques années, leur législation sur les Faillites et sur les Sociétés par actions.

Pour nous, nous en sommes encore à des textes quasi-antédiluviens qui, depuis longtemps, ne sont plus en harmonie avec les nécessités de l'époque actuelle.

Si la France, au point de vue économique, est dans un état d'infériorité marquée vis-à-vis des nations voisines, si chaque année nous perdons du terrain, si la richesse du pays diminue, il faut en accuser la paresse, l'inertie de la Chambre, qui est incapable de nous donner les armes nécessaires pour combattre nos adversaires à forces égales.

Il faut aussi en accuser notre situation financière.

Le Français paie beaucoup plus à l'État que l'Anglais ou l'Allemand.

La responsabilité de cette situation incombe au régime parlementaire.

Tant que les Ministres seront sous la dépendance des députés, ils devront, pour leur plaire, créer des places, augmenter le nombre des fonctionnaires, gaspiller l'argent du pays dans des travaux et des constructions de toutes sortes.

Et ces Ministres, qui sont ainsi élevés au pouvoir par un caprice de la Chambre et qui en sont renversés par un autre caprice, sont pour la plupart des gens sans caractère, sans talent, sans notoriété.

Il n'est pas un Français sur cent qui puisse dire sans broncher les noms des Ministres que nous avons aujourd'hui le bonheur de posséder.

Il n'y a pas un Français sur cent mille qui soit capable de donner la liste exacte des 64 Ministres qui se sont succédé dans les différents ministères depuis 1885.

Cela n'empêche pas les journaux opportunistes de prétendre qu'en République le pays intervient activement dans la direction de ses affaires.

Or, le pays est entièrement étranger au choix des Ministres. C'est la Chambre qui les lui impose.

Le pays ne connaît même pas les noms de la plupart des gens qui sont au pouvoir.

Il n'a même pas la consolation de savoir par qui il est voté.

Quant aux réformes pratiques qu'il demande, il a beau réclamer. Personne ne l'écoute.

Il ressemble à un pauvre malade atteint de la fièvre typhoïde, qui se tord sur un grabat, pendant que son médecin est occupé à faire un plantureux déjeuner en compagnie de plusieurs de ses collègues.

« La Chambre s'amuse, et le pays souffre. »

Voilà ce que *le Temps* lui-même, un des Moniteurs officiels de l'Opportunisme, a été obligé de reconnaître.

Dans notre France du xix⁰ siècle, nous avons encore des privilégiés. Pendant qu'un ouvrier gagne péniblement trois ou quatre francs en travaillant douze heures, il y a au Palais-Bourbon des hommes qui gagnent vingt-cinq francs et qui ne font rien.

Le jour où les députés perdront le droit d'élever et de renverser les Ministères à leur guise, n'ayant plus autre chose à faire, ils seront bien forcés de travailler sérieusement.

C'est pour cela que le pays demande la suppression du régime parlementaire, et c'est aussi pour la même raison que les Opportunistes s'opposent avec l'énergie du désespoir à l'exécution des volontés du pays.

Il y a encore dans la Constitution de 1875 une autre disposition qui choque l'esprit Français.

C'est celle qui confie à une assemblé composée de huit cents personnes l'élection du chef du pouvoir exécutif.

Une élection faite par un corps électoral aussi restreint sera toujours forcément le résultat d'intrigues inavouables et de coalitions honteuses.

Les théoriciens du parti Opportuniste disent qu'un homme élu par le peuple entier serait trop puissant et qu'il profiterait de son pouvoir pour détruire nos libertés.

Ils préfèrent, comme certains financiers, avoir sous la main un homme de paille, un homme à l'abri duquel ils pourront continuer en toute sécurité de petits trafics qui ruinent le pays.

Aussi M. Grévy était-il un président selon leur cœur.

En 1887, la France s'est demandé avec anxiété si Jules Ferry n'allait pas être l'élu du Congrès.

Elle savait que dans ce cas c'en était fait pour jamais de nos finances et de nos libertés.

Messieurs les Opportunistes ont montré le 3 décembre 1887 le cas qu'ils faisaient des désirs du pays.

Les élections de 1885 se sont faites au cri de : A bas Ferry !

Et cet homme, que la France a solennellement condamné, cet homme qu'elle méprise, a failli devenir président de la République. 216 individus qui se prétendaient républicains ont voté pour lui sans se douter qu'ils commettaient un crime en prétendant mettre à la tête de la France un homme dont la France ne voulait pas.

Les calculs des Opportunistes ont été heureusement déjoués.

Mais si cette machination honteuse n'a pas réussi, à qui le pays le doit-il?

A la Droite qui est restée sourde aux offres, aux prières, aux supplications de M. Ferry et de ses amis.

Places lucratives, gros traitements, croix de la Légion d'honneur, participation aux bénéfices de sociétés véreuses, tout cela a été offert par M. Ferry aux membres de la Droite.

Le pays, on le comprend facilement, ne veut plus s'exposer une seconde fois au danger qu'il a couru dans la journée du 3 décembre 1887.

Il ne veut pas qu'on lui impose un maître ; il entend choisir lui-même le chef du pouvoir exécutif.

En résumé, le pays demande la revision de la Constitution de 1875 :

1° Parce qu'il veut se débarrasser de la tyrannie de la

Chambre ; parce qu'il tient au Suffrage Universel et qu'il ne veut pas que la Chambre ait le droit de le supprimer ;

2º Parce qu'il en a assez du régime parlementaire. L'expérience qu'il en a faite à ses dépens depuis dix ans lui suffit ;

3º Parce qu'il veut acquérir le droit d'élire le chef du pouvoir exécutif.

M. Floquet sait parfaitement ce que la France désire.

C'est pour cela qu'il a présenté un projet de revision de la Constitution, qui ne contient aucune des réformes réclamées par l'opinion publique et qui, au contraire, aggrave considérablement la situation actuelle.

« Je demande que les pouvoirs de la Chambre soient « diminués, et que les miens soient augmentés. »

Voilà ce que dit la France.

Que lui répond M. Floquet?

« Vous êtes une impertinente. Sachez que dans notre « pays la Chambre doit être tout, et les électeurs rien.

« En conséquence, je présente un projet de revision « pour augmenter encore les pouvoirs de la Chambre, « et pour diminuer les vôtres.

« Je n'ai qu'un regret, c'est de ne pas pouvoir en « ce moment vous enlever la parole pour toujours et « réduire au silence ce maudit Suffrage Universel qui, « depuis quelque mois, s'est permis de me donner des « leçons.

« Mais heureusement vous ne perdrez rien pour « attendre.

« Dans mon projet, il y a quelques dispositions très « habilement conçues pour mettre le Suffrage Univer-

« sel au pas et réprimer ses velléités d'indépendance à
« l'égard de mon auguste personne.

« Lorsque mon projet de constitution aura été adopté,
« le Suffrage Universel existera bien encore en appa-
« rence ; mais, dans la réalité, il n'aura plus aucun
« pouvoir sérieux. — Les diverses manifestations du
« Corps électoral n'auront désormais sur la marche des
« affaires du pays qu'une influence insignifiante. — Elles
« seront incapables de troubler nos digestions. »

On se rappelle qu'autrefois M. Floquet était un par-
tisan acharné du Suffrage Universel. Le 2 décembre 1884,
il demandait que le Sénat fût élu désormais directement
par le Corps électoral tout entier ; il exigeait la dispari-
tion des derniers vestiges du Suffrage Restreint.

Le Floquet de 1888 se garde bien d'accomplir les promesses du Floquet de 1884.

Dans son projet de revision, il conservera avec un
soin jaloux les deux degrés d'élections pour la nomina-
tion des sénateurs.

Les électeurs Français avaient, paraît-il, assez de bon
sens en 1884 pour être capables d'élire leurs sénateurs.

En 1888, ils ont fortement baissé dans l'esprit de
M. Floquet.

Cela s'explique facilement.

Le Floquet de 1884 n'est pas le Floquet de 1888. La
possession du pouvoir a un effet magique ; elle opère
les métamorphoses les plus étranges, et transforme un
Radical farouche en un Opportuniste satisfait.

Or, ce dernier a pour les électeurs les sentiments qu'un
chien en train de ronger un os succulent éprouve pour
toutes les personnes qui font mine de le lui enlever.

A cette cause vient, pour M. Floquet, s'en ajouter une
autre : c'est sa parenté avec M. Ferry.

Mme Floquet est la tante de Mme Ferry. Entre ces deux dames existe une amitié de longue date.

Elles ont passé l'été dernier ensemble à Trouville. Leurs maris, M. Floquet et M. Ferry, venaient souvent les retrouver.

On causait politique. M. Floquet exposait à M. Ferry les inquiétudes que lui causait la situation, et lui demandait des conseils.

De ces conciliabules est sorti tout un plan de campagne dirigé contre le Suffrage Universel.

Nous allons en donner une preuve irréfutable.

Le premier article du projet de M. Floquet est ainsi conçu : « Le mandat de député dure six ans. La Chambre est renouvelée par tiers tous les deux ans. »

Ce n'est pas M. Floquet qui est l'auteur de cette disposition, quoique celle-ci constitue l'article fondamental, le *clou* du Projet. C'est à M. Ferry qu'il convient d'en faire honneur.

L'idée d'augmenter la durée des fonctions législatives et de restreindre l'exercice du Suffrage Universel, cette idée, disons-nous, est une des idées favorites de M. Ferry.

M. Reinach, celui des disciples de M. Ferry qui passe pour refléter le plus exactement la pensée du maître, a exposé la thèse de son patron dans un article de la Revue politique et littéraire du 21 avril 1887.

Nous devons rendre à M. Reinach cette justice : il n'a pas cherché à cacher les motifs qui lui inspiraient sa proposition.

Voici comment il définit les élections générales qui actuellement ont lieu tous les quatre ans : « C'est, dit-il, « l'expression brutale du caprice du moment, d'un en- « gouement passager ou d'un déplaisir injuste. »

Ainsi, d'après M. Reinach, la France n'est pas capable d'avoir une volonté; elle n'est susceptible que de caprices ou d'engouements.

C'est un « caprice » de sa part, nous dit M. Reinach, que de ne pas réélire des députés qui l'ont trompée.

Quand la France donne un coup de balai au parti Opportuniste, quand elle chasse des farceurs qui l'ont exploitée, elle « témoigne un déplaisir injuste ».

Un pickpocket vient de vous dérober votre montre et votre portemonnaie. Vous allez vous plaindre au commissaire de police. Qu'est-ce que vous diriez, si celui-ci vous répondait : « Mon ami, vous éprouvez un « déplaisir injuste ; vous devez vous estimer trop heu« reux qu'un monsieur aimable ait consenti à se char« ger d'objets qui vous embarrassaient. Il faut que vous « ayez le caractère bien mal fait .»

Eh bien ! Le langage que M. Reinach tient à la France est absolument le même que celui tenu par ce commissaire de police fantastique à une personne volée.

M. Ferry, de son côté, a éprouvé le besoin de se regimber contre la correction que la France lui a infligée en octobre 1885. Il s'est retourné contre le Suffrage Universel en lui montrant les dents.

Il s'agissait précisément de porter un jugement sur la proposition émanée d'un certain nombre de députés et tendant à faire nommer le Sénat par le Suffrage Universel.

M. Floquet était encore à cette époque un des plus chauds partisans de cette proposition.

Voici les paroles de M. Ferry :

« Ne vous suffit-il donc pas que la Chambre des dé« putés puisse être, au moment où on s'y attend le moins, « dévastée par une bourrasque électorale? Tenez-vous

« à exposer tout l'organisme républicain aux sautes de
« vent du Suffrage Universel? » (Discours de Saint-Dié,
2 octobre 1887.)

Ainsi, d'après M. Ferry, le Suffrage Universel est un
fléau, comme le serait un de ces ouragans qui détruisent
les moissons et enlèvent les toits des maisons.

Si MM. Ferry et Reinach étaient logiques, ils deman-
deraient la suppression du Suffrage Universel et enlève-
raient au pays le droit d'élire ses représentants.

Il est évident que, pour eux, la meilleure Constitution
serait celle qui leur permettrait de gouverner le
pays à leur guise, sans avoir aucun contrôle à redouter.

Mais, hélas ! Il est dans la destinée des choses parfai-
tes de ne pas pouvoir être réalisées ici-bas, et la Constitution idéale que rêvent MM. Ferry et Reinach n'aurait chance d'être appliquée que chez quelques tribus
sauvages de l'Afrique ou de l'Australie.

N'osant s'attaquer de front au Suffrage Universel,
MM. Ferry et Reinach ont imaginé de tourner l'obstacle.

C'est alors qu'ils ont proposé de substituer au renouvellement intégral de la Chambre tous les quatre ans
le renouvellement par tiers tous les deux ans.

Ils n'ont pas eu de peine à faire accepter leur combi-
naison par M. Floquet.

Les échecs que celui-ci avait subis dans les der-
nières élections l'avaient fortement indisposé contre
les électeurs, et il cherchait à se venger.

MM. Ferry et Reinach lui ont fourni le moyen de sa-
tisfaire son ressentiment.

En effet, si le projet de revision de M. Floquet est
voté :

D'abord chaque électeur Français, au lieu de voter tous les quatre ans, ne votera plus que tous les six ans.

Les députés resteront six ans en fonctions. Ils deviendront beaucoup plus indépendants de leurs électeurs qu'ils ne le sont déjà.

Aujourd'hui, dès qu'ils sont élus, ils oublient les promesses faites dans leurs professions de foi.

Toutes les fois qu'on les leur rappelle, ils se mettent à rire.

Quand un député parle de tenir ses engagements, il est couvert de huées par ses collègues.

La séance du 21 novembre 1887 a été particulièrement instructive à cet égard.

Voici ce qui s'y est passé.

M. Andrieux disait : « Quant à moi, j'ai inscrit la re-« vision dans mon programme ; je l'ai promise à mes « électeurs, et je tiens à remplir l'engagement que j'ai « pris devant eux. »

A ces mots, des exclamations, des ricanements se font entendre sur un grand nombre des bancs de la Chambre, au centre et à gauche.

M. Jules Proal, indigné, apostrophe les interrupteurs : « Pourquoi ces protestations ? leur dit-il, les « électeurs ne comptent donc pour rien ? »

M. Andrieux fait alors cette observation :

« Messieurs, il est singulier que, chaque fois que « dans cette enceinte on parle de ses électeurs, on sou-« lève des exclamations, des murmures, et même des « rires. »

L'observation de M. Andrieux resta sans réponse. Personne, dans la Chambre, n'essaya d'en contester la vérité.

Si des députés, élus seulement pour quatre ans, traitent déjà leurs électeurs de cette façon, que feront des députés élus pour six ans?

Ces députés seront, non plus les représentants, mais les maîtres absolus du peuple Français.

Ils le deviendront d'autant plus facilement que le Suffrage Universel perdra en même temps sa force et son autorité.

Quand une arme reste longtemps sans servir, elle se rouille et devient inutile.

Quand vous voulez faire apprendre à quelqu'un un métier, vous le faites travailler à ce métier le plus souvent possible.

De même, si vous voulez apprendre à des électeurs à faire un bon usage de leurs droits, il faut que vous leur donniez fréquemment l'occasion de les exercer.

Si, au contraire, vous voulez les dépouiller des droits qu'ils possèdent, vous commencerez par ne les convoquer qu'à des intervalles éloignés.

Puis, petit à petit, vous espacez de plus en plus les convocations et vous finissez par ne plus les convoquer du tout.

Cette tactique est précisément celle de MM. Ferry, Reinach et Floquet pour se débarrasser tout doucement et sans bruit de la chose qui les gêne le plus, le Suffrage Universel.

Seulement, pour que ce plan eût des chances de réussite, il fallait en même temps enlever la parole à la France et l'empêcher de protester.

Or, en laissant subsister le renouvellement intégral, en s'exposait à un grave danger: c'était que la France ne se servît des élections générales pour se débarrasser de ses chaînes.

Avec le renouvellement par tiers tous les deux ans, il n'y a au contraire rien à redouter.

Au lieu de la France entière, au lieu des 87 départements, il n'y en a chaque fois que 29 qui sont appelés à élire des représentants.

Le gouvernement commence par se servir des fonds secrets. Il n'est pas obligé de disperser ses ressources dans 87 départements ; il les concentre dans les 29 départements intéressés.

Les Opportunistes croient volontiers que les consciences des électeurs sont aussi vénales que les leurs et que dans les élections les voix des travailleurs se vendent aux plus offrants.

Pour eux, une élection est une question d'argent, et pas autre chose.

Aussi, à leurs yeux, le renouvellement partiel offre à un gouvernement bien muni d'argent un grand avantage sur ses adversaires.

C'est une des raisons pour lesquelles les Opportunistes l'ont préconisé.

Si, contrairement à leur attente, les électeurs des 29 départements restent incorruptibles, et leur envoient des députés hostiles, que fera le gouvernement?

Il ne sera pas embarrassé le moins du monde.

Il dira : « Le verdict qui vient d'être rendu n'est pas « le verdict qu'aurait prononcé le pays, s'il avait été « consulté tout entier.

« Nous avons peut-être contre nous un tiers de la « France. Mais les deux autres tiers sont pour nous. « Essayez de nous démontrer le contraire. »

Comme il sera impossible de fournir cette preuve, le gouvernement profitera de la situation pour ne tenir aucun compte des élections.

Quant aux députés nouvellement élus, leur position sera difficile.

Ils auront d'abord les deux tiers de l'Assemblée contre eux.

S'ils essaient de discuter, s'ils font des propositions de lois, on leur objectera leur inexpérience. Leurs collègues leur diront: « Nous sommes à la Chambre depuis deux ans, depuis quatre ans. Il faut vous laisser guider par nous. »

Enfin, le gouvernement, de son côté, ne restera pas inactif. Il mettra en œuvre tous ses moyens de séduction.

Or, un député, quand il est certain de rester six ans en fonctions, est beaucoup plus accessible à la corruption que celui qui est obligé de se représenter au bout de quatre ans.

Le gouvernement pétrira donc à sa guise les nouveaux députés.

S'il ne peut y arriver, il a encore une autre ressource : c'est de casser les élections.

Le Directoire a employé deux fois ce moyen avec succès : d'abord le 18 fructidor an V contre l'opposition de droite, et ensuite le 22 floréal an VI, contre l'opposition de gauche.

Grâce au renouvellement partiel par tiers, un gouvernement aussi décrié que le Directoire a pu se maintenir pendant plusieurs années au pouvoir contre la volonté du pays.

C'est parce qu'ils veulent arriver à ce même résultat que MM. Ferry, Reinach et Floquet préconisent avec tant de passion le renouvellement partiel.

Il est en effet beaucoup plus difficile à un pays de se débarrasser d'un mauvais gouvernement avec le renouvellement partiel qu'avec le renouvellement intégral.

L'adoption du projet de M. Floquet aurait en outre pour résultat de faire à la France une situation unique en Europe.

Nous serions montrés au doigt par tous nos voisins.

En effet, aucun pays en Europe n'a été encore soumis au régime du renouvellement partiel par tiers tous les deux ans.

Les grands États ne connaissent que le renouvellement intégral.

L'Angleterre, l'Allemagne, l'Autriche, l'Italie, l'Espagne ont le droit d'exprimer leur volonté par le moyen d'élections générales.

Les gouvernements de ces pays n'ont pas cru devoir les couper en plusieurs morceaux pour les mieux dominer.

La raison en est que, dans les contrées dont nous venons de parler, les hommes qui gouvernent se proposent un seul but : faire de leur pays, un pays heureux, puissant et respecté.

En France, il n'en est pas de même. Pour nos gouvernants, le pouvoir n'est qu'un moyen de s'enrichir, pas autre chose.

Et la République, au lieu d'être le gouvernement du peuple par le peuple, devient l'exploitation du pays par une caste.

Aux États-Unis, le renouvellement partiel est absolument ignoré ; le mandat de député ne dure que deux ans.

Celui qui proposerait de le porter à six ans passerait très probablement un mauvais quart d'heure.

Il n'y a que deux pays en Amérique qui possèdent le régime dont M. Floquet voudrait nous gratifier.

Ce sont le Pérou et la République Dominicaine.

Jolis modèles ! Convenons-en.

Le Pérou ne paie pas ses créanciers et se trouve depuis quelques années dans un état d'anarchie complète.

La République Dominicaine est encore plus avancée. Elle ne reconnait même pas les dettes qu'elle contracte et renie impudemment sa signature.

Ces deux pays possèdent tous deux des richesses naturelles considérables dont ils ne peuvent tirer profit à cause des excellents gouvernements dont ils jouissent et qui font l'objet de l'admiration de M. Floquet.

Dans ces heureux pays, les agents de l'Administration sont les premiers à piller les maisons, à voler les récoltes et à détrousser les voyageurs.

Les partisans du renouvellement partiel invoquent en sa faveur un argument qui ne nous retiendra pas longtemps.

Ils disent que cette réforme permettrait à la Chambre de faire une meilleure besogne. Il y aurait de la suite dans les travaux législatifs qui ne seraient jamais interrompus. Il se formerait dans la Chambre comme une tradition que les nouveaux venus seraient obligés de respecter.

Les quelques Conseillers généraux qui ont émis cette conjecture ont tout simplement démontré qu'ils ignorent entièrement ce qui se passe dans les autres pays.

En Allemagne, en Italie, en Angleterre, en Autriche, les Chambres déploient la plus grande activité. Elles ont toujours accompli avant la fin de la législature les réformes demandées par leurs électeurs.

Nos industriels et nos agriculteurs l'ont appris, hélas! à leurs dépens.

Les Chambres étrangères secondent vaillamment les efforts des travailleurs de toute catégorie et les mettent en état de lutter victorieusement contre leurs concurrents du dehors.

Qu'en dites-vous, Messieurs les Conseillers généraux Opportunistes ?

Avant d'émettre des vœux, vous feriez bien de vous renseigner, et de jetter les yeux sur ce qui se passe autour de vous.

Vous apprendriez ainsi que ce n'est pas au mode de renouvellement de la Chambre qu'il faut vous en prendre.

Si Messieurs les députés ne font rien, c'est tout simplement parce qu'il leur manque certaines qualités.

Le jour où nous aurons pour députés des hommes honnêtes, intelligents et travailleurs, vous pouvez être sûrs que le pays ne formulera plus aucune plainte contre la lenteur des travaux législatifs.

Dans le projet de revision de M. Floquet, il y a encore deux autres points qui méritent d'attirer l'attention.

Nous voulons parler : 1° du *veto* accordé au Sénat ; 2° de l'élection des Conseillers d'État par la Chambre des députés et le Sénat réunis.

On avait cru que le mot de *veto* était à tout jamais rayé du Dictionnaire de la langue Française.

Il paraît étrange d'essayer de le ressusciter à la veille du centenaire de 1889.

Il est singulier de voir nos prétendus républicains d'aujourd'hui chercher à implanter chez nous une institution dont le nom seul éveillait il y a un siècle les colères de l'Assemblée Constituante et du peuple Français.

Quoi qu'il en soit, M. Floquet demande pour le Sénat, pour l'Assemblée issue du Suffrage Restreint, le droit de tenir en échec pendant deux ans la volonté de la Chambre.

Lorsque le Sénat aura prononcé le *veto*, le projet de loi qui en aura été l'objet devra disparaître pendant deux ans.

C'est seulement au bout de ce laps de temps que la Chambre pourra passer outre.

Ainsi le Sénat a le droit d'imposer à une réforme utile, à une réforme nécessaire, un retard qui sera la plupart du temps irréparable.

Trois cents sénateurs pourront, sans encourir aucune responsabilité, causer les plus graves préjudices au pays.

Sans compter que du même coup la France sera plongée pendant deux ans dans les agitations et les incertitudes.

Pour trancher les conflits qui peuvent naître entre les deux Chambres, il y a un moyen simple et expéditif que M. Floquet semble ignorer :

C'est de faire le pays juge du débat.

Les citoyens prononcent sur la question par voie de plébiscite.

Cette institution, qui existe en Suisse, est connue sous le nom de Référendum.

Mais M. Floquet n'en veut pas, parce que le Référendum serait la mort de l'Opportunisme.

Le jour où la France aurait le droit de trancher elle-même les questions importantes, ce jour-là, elle aurait conquis sa liberté.

Or, c'est précisément ce que M. Floquet est décidé à ne pas tolérer.

Voilà pourquoi il préfère de beaucoup le *veto*.

Il y a dans le projet de M. Floquet des choses qui ne sont pas neuves du tout et que notre grand Ministre a l'aplomb de nous présenter comme des nouveautés.

C'est ainsi qu'il parle du droit donné au Conseil d'État d'examiner les projets et propositions de lois.

La plaisanterie est un peu forte.

Le gouvernement a toujours eu le droit de faire préparer par le Conseil d'État les projets qu'il présente à la Chambre.

Celle-ci, de son côté, a eu toujours le droit de renvoyer à la section de Législation du Conseil d'État les propositions qui ne paraissaient pas suffisamment bien élaborées.

Inutile de dire que le gouvernement et la Chambre se sont bien gardés jusqu'ici d'user des facultés qui leur étaient octroyées.

Au temps de M. Ferry, la section de Législation s'estimait heureuse quand elle avait trois projets de loi à préparer en une année.

Aussi Messieurs les membres de la section de Législation s'octroyaient-ils des congés d'une longueur démesurée.

Vous veniez demander au Palais-Royal M. X..., conseiller d'État ; le concierge vous répondait qu'il voyageait en .... Asie Mineure !

Ce n'est pas pour donner de la besogne à la section de Législation que M. Floquet a imaginé de donner au Conseil d'État la préparation des lois.

Ce n'est pas davantage pour que les lois soient mieux étudiées.

Que le travail législatif marche bien ou n'aille pas du tout, M. Floquet s'en moque. Le but qu'il vise est tout autre.

Pour l'apercevoir, il suffit de méditer un petit paragraphe qui se dissimule innocemment au milieu de ses congénères : « Les Conseillers d'État seront nommés par la Chambre et par le Sénat réunis. »

Ce paragraphe est tout simplement l'annonce d'une prochaine épuration du Conseil d'État.

Les opérations consistent, comme on le sait, à remplacer des hommes honnêtes et travailleurs, prenant leur métier au sérieux, par des politiciens et des fruits secs.

La place de Conseiller d'État, qui rapporte seize mille francs à son titulaire, est l'objet des plus ardentes convoitises.

Or, sur les trente-deux Conseillers d'État, il y en a une vingtaine qui sont suspects au gouvernement actuel.

Ils ne vont pas faire de courbettes devant M. Floquet; on ne les a jamais vus dans les antichambres. Ils font leur travail quotidien silencieusement et sans bruit.

C'est grâce à eux que le Conseil d'État est encore respecté.

Aussi, ces modestes travailleurs sont-ils naturellement désignés comme les futures victimes.

La Chambre donnera leurs places à quelques députés qui, ayant abusé de la confiance des électeurs, ne se soucient pas de se représenter devant eux.

C'est pour soustraire quelques drôles à la juste colère du Suffrage Universel, et pour donner des appointements à ses créatures que M. Floquet a inséré dans son projet de Constitution un paragraphe relatif au Conseil d'État.

Pour résumer nos observations sur le projet de M.Floquet, nous dirons que nous en sommes enchantés car il a l'avantage d'établir nettement la situation des partis et de déchirer tous les voiles.

Il constitue une déclaration de guerre au Suffrage Universel qu'il veut réduire au silence à l'aide du renouvellement partiel.

M. Floquet, pour mieux préciser sa pensée, a tenu à employer les mots de *veto*, d'élection à deux degrés.

En demandant l'établissement du droit de *veto*, il s'est montré l'imitateur de ceux qui voulaient, il y a un siècle, étouffer dans son berceau la Révolution de 1789.

En préférant, pour le Sénat, l'élection à deux degrés à l'élection directe par le Suffrage Universel, M. Floquet nous fait songer aux Ultra-Royalistes d'il y a soixante-dix ans.

Ceux-là aussi étaient les défenseurs des deux degrés d'élections.

Enfin, le renouvellement par tiers nous rappelle le Directoire, époque où le gouvernement se livrait aux plus honteuses spéculations, et ruinait la France sans pitié ni remords.

M. Floquet prétend, dans un but d'intérêt personnel, dépouiller la nation de sa souveraineté et lui imposer le rétablissement d'institutions surannées.

Il veut enchaîner le Suffrage Universel et livrer la France pieds et poings liés aux appétits d'une bande.

M. Floquet échouera dans son entreprise criminelle.

1889 verra la défaite irrémédiable des hommes qui rêvent le rétablissement de l'Ancien Régime à leur profit.

A bas le Suffrage Universel ! Tel est le mot d'ordre que le gouvernement vient d'adopter :

Le nôtre, celui qui nous mènera à la victoire, sera :

Vive le Suffrage Universel !

5141.— Poitiers, Imprimerie BLAIS, ROY et Cie, 7, rue Victor-Hugo.

DU MÊME AUTEUR :

SOMMES-NOUS EN RÉPUBLIQUE ?

2 vol. in-18. . . . .   **7 fr.**

5141. — Poitiers, Imprimerie BLAIS, ROY et Cie, 7, rue Victor-Hugo.

www.ingramcontent.com/pod-product-compliance
Lightning Source LLC
Chambersburg PA
CBHW060858180626
46818CB00004B/1758